à Maurice Barrès
hommage de son admirateur
Maurice Magre

Conseils à un Jeune Homme pauvre qui vient faire de la littérature à Paris

DU MÊME AUTEUR

POÉSIES

La Chanson des Hommes.
Le Poème de la Jeunesse.
Les Lèvres et le Secret.

CONTES

Histoire merveilleuse de Claire d'Amour, suivie d'autres contes.

THÉATRE

Le dernier Rêve, 1 acte en vers (Odéon).
Le vieil Ami, 1 acte en prose (Théâtre Antoine).

EN PRÉPARATION

Velleda, pièce en 4 actes en vers.
Le Marchand de Passions, comédie en 3 actes, en vers.
Le jeune Homme, comédie en 4 actes, en prose.

MAURICE MAGRE

Conseils à un Jeune Homme pauvre qui vient faire de la littérature à Paris

PARIS
BERNARD-GRASSET
ÉDITEUR
49, Rue Gay-Lussac

1908

I

DE L'HOTEL GARNI

O jeune homme qui viens faire de la littérature à Paris, qui as peu d'argent et pour la première fois apparais à la gare d'Orsay, arrête. Il est temps encore. Tu pourrais, ayant comtemplé les quais mélancoliques, le Louvre bas, reprendre un train qui te remporterait vers la ville d'où tu viens. Tu gagnerais ainsi, peut-être, dix années de ta vie.

Mais non ! Tu te diriges allègrement vers le quartier latin, à pied, car une légende provinciale représente les cochers de fiacres, pauvres esclaves errants, comme des personnages injurieux et redoutables.

Le choix d'un logis est une chose grave. Il faut payer d'avance le propriétaire de l'hôtel garni et tu seras condamné à rester un mois entier dans une chambre misérable, si tu cèdes à ta timidité et si tu acceptes la première venue, à cause de l'œil narquois du garçon qui te la fais visiter.

Veille à ce que le numéro de cette chambre ne soit pas marqué sur la porte par un chiffre énorme. Tu entendras assez souvent dans l'hôtel des phrases telles que celles-ci :

Les lettres du huit ! Le huit a sonné ! Une visite pour le huit !

Tu souffriras de sentir ton nom dédaigné et tu ne peux te douter combien il te serait amer, de voir, à minuit, à la lueur de ta bougie qui vacille, se dresser encore ce numéro fatidique comme le symbole de ton existence, désormais anonyme, dans la grande ville.

Veille encore à ce que cette chambre renferme une cheminée. Cela n'est point négligeable. Tes écrits se ressentiraient de cette absence. Ils seraient chétifs et grelottants, car il y a de grands vides sous les portes, et les fenêtres laissent passer l'air abondamment.

N'examine pas les meubles. Ils sont laids et dégagent une odeur indéfinissable de vieilleries. Accoutume-toi à leur médiocrité. Seule la table mérite quelque intérêt. Si tu en soulèves le tapis, peut-être y trouveras-tu une curieuse inscription, attestant le passage d'un autre jeune homme semblable à toi.

N'ai pas honte de la pauvreté de ton hôtel. Affecte au contraire d'en tirer vanité. Si quelque ami t'accompagne par la suite jusqu'à ta porte, raconte des anecdotes pittoresques sur ces vieux murs dont ton imagination te fournira les thèmes variés ; parle des personnages illustres qui les ont habités. Ainsi tu seras aisément comparé à un héros de Balzac et même celui qui a un riche appartement enviera peut-être la fantaisie de ta vie.

Crains cette grosse dame trop aimable et trop familière, cette gérante curieuse et bavarde. Elle te tend chaque soir ta bougie avec quelques paroles de bienveillance. Hâte-toi par un sourire complaisant de flatter la bonne tenue de sa maison, loue son esprit et même sa beauté, si elle y prétend encore.

Car cette grosse dame jouit d'un pouvoir terrible et discrétionnaire. Elle peut te faire crédit des vingt francs que tu lui donnes tous les quinze jours pour la chambre où tu vis ; elle peut au contraire empoisonner ton existence en te les réclamant âprement, elle peut t'obliger à t'enfuir de chez toi, le matin, avant qu'elle ne soit levée, pour ne rentrer que dans la nuit, quand elle dort.

Crains-la aussi parce que sous le prétexte de faire ta chambre, elle compte ton linge, lit tes lettres, connaît ton existence aussi bien que toi.

Et pourtant, souviens-toi aussi que lorsque le grand poète Oscar Wilde mourut dans un misérable hôtel de la rue des Beaux-Arts, un seul homme l'avait veillé à sa dernière heure, un seul homme suivit son enterrement et cet homme c'était son propriétaire.

Sur le cercueil de l'auteur de *De Profundis* il n'y avait qu'une couronne et sur cette couronne était écrit : A mon locataire !

Qu'il soit beaucoup pardonné à la race persécutrice, avide du prix des chambres, en souvenir de celui qui apporta au grand homme abandonné de tous, le présent d'une suprême amitié.

II

LA QUESTION D'ARGENT

L'argent ! Tel est le problème quodidien et inexorable qui se posera d'abord à toi.

Tu t'apercevras vite qu'à Paris, plus qu'ailleurs, les hommes sont divisés en deux catégories : ceux qui ont de l'argent et ceux qui n'en ont pas.

Dans l'œil de ton interlocuteur, tu liras cette question : Comment vivez-vous ? De quelle somme disposez-vous par mois ?

L'argent est en apparence bien caché dans la poche du gilet, dans le portefeuille. Et pourtant on le voit. La qualité de la cravate, la finesse du parapluie, la forme du chapeau parlent de lui, disent qu'il est là avec sa grande puissance. Mais si ta main porte un gant troué, cache-la bien dans ta poche. Par le petit trou du gant s'enfuirait toute l'illusion de la richesse.

L'homme riche se reconnaît aussi à l'assurance. Il ose s'impatienter bruyamment dans les restaurants si on ne le sert pas assez vite. Il ose entrer dans un magasin, examiner mille objets et s'en aller sans en avoir acheté un seul, tandis que l'homme pauvre au contraire préfère prendre et payer un livre dont il n'a pas besoin, un chapeau qui ne lui va pas, plutôt que d'être jugé pauvre par l'œil sévère du marchand. L'homme riche ose donner un pourboire de deux sous à un cocher, en prétextant qu'il n'a justement pas de monnaie pour lui donner davantage, insoucieux de l'injure et du mépris du cocher, parce qu'il est riche.

Quand tu comparaîtras devant un concierge, un jour de pluie, la boue de tes souliers ne sera considérée comme un danger pour l'escalier que si tu as l'air timide et minable. La boue du riche ne tache pas. Dans le métropolitain, quand tu monteras en première avec un billet de seconde, l'employé, pour te réclamer dix centimes sera insolent, si tu sembles pauvre, obséquieux si ton aspect est élégant. Le riche est censé ne jamais duper.

Il faut donc que tu paraisses avoir de l'argent, de même que si l'on veut conserver un ami, il faut paraître heureux, simuler la joie.

Pour cela, utilise ton argent avec sagesse, bien plus pour le superflu que pour le nécessaire.

Ce n'est pas pour tes plaisirs que tu auras besoin d'argent. Après t'être étonné de la difficulté que l'on a à se procurer le moindre billet de théâtre et avoir admiré en secret ces innombrables gens qui disent « avoir leurs entrées partout », tu verras vite qu'en somme à Paris les plaisirs sont gratuits pour un jeune homme intelligent, parce qu'au lieu d'être la satisfaction de désirs immédiats ils sont faits du sentiment que l'individu progresse et s'agrandit.

Les omnibus, le métropolitain, les consommations que tu prendras à côté des grands poètes des cafés constitueront presque toutes tes dépenses. Les modestes ressources dont tu disposes disparaîtront bien vite par la lente usure des petites sommes. N'hésite pas à manger mal dans des endroits obscurs et parmi des humbles, car les œufs et les légumes sont bons partout et ce superflu, qu'est un fiacre, si tu l'offres à propos, peut avoir une portée infinie sur l'ensemble de ta vie.

Arrange-toi pour que tu n'aies pas sensiblement moins d'argent à la fin du mois qu'au commencement. Sans doute un de tes amis, étudiant ou écrivain, se flattera de manger en trois jours la pension de sa famille. C'est un prestige très grand qui tient à la fois de la splendeur des orgies et de l'attrait de la générosité. Ne t'y laisse pas prendre. Cet ami a certainement un oncle très riche auquel il peut écrire, ou bien il ment : il n'a reçu aucune pension et il n'a, par conséquent, aucune peine à ne pas avoir d'argent. Tu serais forcé de porter ta montre au Mont-de-piété et l'on ne peut se passer d'une montre à cause de l'exactitude aux rendez-vous qui est indispensable. De plus tu négligerais de la retirer, et ainsi tu serais volé, n'ayant eu que le quart de sa valeur.

A la dernière extrémité, vends plutôt les livres que tu possèdes. Mais s'ils t'ont été offert par quelque grand homme désireux de popularité parmi la jeunesse, gratte avec soin et habileté la dédicace.

Au café, ne permets jamais à un plus pauvre que toi de payer les consommations. Mais, si tu peux, laisse ce soin à un plus riche.

Aie toujours sur toi un sou neuf et même fais-le reluire chaque matin avant de sortir. Car avec ce sou neuf que tu tireras tardivement de ta poche, tu peux faire le geste de payer en laissant croire à la présence d'un louis.

Tu n'es pas l'obligé de celui qui t'invite à déjeuner. Le sentiment de sa générosité, le plaisir de ta conversation ont largement dédommagé ton hôte des quelques francs qu'il a dépensés pour toi. Evite le mouvement spontané qui te poussera à louer le choix et l'abondance inusitée des mets. Il te sera ainsi épargné un fin sourire sur le visage de ton interlocuteur.

Sache-le bien : Il n'y a pas de question d'argent pour qui méprise l'argent. Si tu as un ami millionnaire, ne sois pas, vis-à-vis de lui, arrogant comme certains orgueilleux, flatteur comme un parasite. Sois son égal, exactement comme si la formidable différence de la richesse n'existait pas.

III

IMPORTANCE DES HABITS

Il ne faut jamais vendre ses habits. Dîne plutôt seul dans ta chambre, d'un morceau de pain et d'un peu de charcuterie sur un journal, — ce qui est le comble de l'horreur, — adresse-toi plutôt, si tu as trop besoin d'argent, à un gérant de café, en simulant pour cette occasion une personnalité joviale et familière, mais ne vends jamais tes habits.

Ce sont eux qui te donnent ton assurance et ta fierté, qui te permettent de regarder le soir, à la lueur des becs de gaz, marcher à côté de toi ton ombre, une ombre honorable et connue, dont tu admires l'aisance et qui, elle, n'a pas l'air de ne pas avoir d'argent. Tu sais bien quelle triste allure ont les vieux complets qu'on a trop mis, dont les coudes luisent et où il y a des taches imparfaitement nettoyées. On est humble sous un costume humble. On est un jeune homme instruit, plein d'avenir, dans un complet neuf.

On est aussi un jeune homme distingué et élégant, ce qui est très important pour l'amour, pour les merveilleuses possibilités de la rue.

Les conducteurs d'omnibus, les domestiques, les garçons de café sont tous sensibles au costume. Tu devras mille petites faveurs de la vie à ton apparence extérieure.

Un de mes amis vécut plus d'un an à Paris avec cinquante francs par mois. Il habitait une mansarde dont le plafond était moins haut que sa taille ; il n'avait pas de meubles et il couchait sur des journaux froissés. Il dut sa force de résistance et son salut à une cape espagnole. Que lui importait en effet les privations, le froid, la misère ! Il avait le sentiment d'être le jeune homme le plus beau et le plus romantique du monde.

IV

LES MAITRESSES

Tu t'émerveilleras de la grande quantité de femmes que renferme Paris. Les coupés qui glissent vers le Bois de Boulogne, le frémissement des dessous luxueux, les visages ennuyés des grandes courtisanes, t'impressionneront profondément.

Renonce d'abord à une illusion trop répandue. Tu n'auras pour maîtresse ni une femme du monde, ni une actrice célèbre. Ne demande pas pourquoi. Considère cela comme une vérité supérieure qu'il ne faut pas discuter.

Il est vain d'importuner Liane de Pougy ou la belle Otero de lettres élégiaques. Sache bien que les lettres d'amour, quelle que soit leur beauté, n'ont aucune espèce d'influence sur cet ordre de femmes. Seules, des actions inattendues et audacieuses pourraient te servir. Mais tu as encore trop de timidité provinciale en toi pour en être capable.

Tu connaîtras, dans des concerts. des jeunes filles qui sortent du Conservatoire, qui sont à l'Odéon et tu feras même dire des vers par l'une d'elles. Mais ne lui écris pas de lettres d'amour, surtout ne l'aime pas. Tu ne seras jamais qu'un étranger pour cette personne qui, vivant dans la compagnie de héros littéraires nourris d'un idéal sublime, n'a pas gardé pour elle-même la moindre parcelle d'un idéal quelconque.

Elle ne saurait aimer qu'un maître dans son art, un de ces hommes rasés et simples qui ont vingt ans de théâtre derrière eux et assez d'autorité pour les tutoyer, la première fois qu'ils les voient.

Tu auras donc les femmes des cafés, les modèles de tes camarades peintres, peut-être une couturière dont tu feras connaissance au restaurant, les maîtresses de tes amis. Mais les femmes des cafés sont vénales et, quand elles sont désintéressées, toute l'ambition de leur génie consiste à boire une quantité illimitée de boissons américaines jusqu'à une heure très tardive. Les modèles sont mal faits et épris des seuls peintres. Un abîme d'ennui te séparera de la couturière ; les maîtresses de tes amis seront toutes laides.

Résigne-toi donc à vivre sans maîtresse, profitant seulement de l'aventure amenée par le hasard. Regarde les portes qui s'ouvrent quand tu montes l'escalier, les fenêtres qui sont en face des tiennes, la boutique derrière les vitres de laquelle rêve peut-être un visage charmant. En choisissant ta chambre, tu as décidé de ta vie sentimentale, car pour une femme ordinaire le prestige d'être un voisin est plus grand que celui d'être beau ou illustre. Souviens-toi, du reste, que ceux qui passent leur temps, à chercher des femmes n'en ont guère plus que ceux qui ne s'en occupent pas.

Prends souvent le métropolitain. Ce lieu est favorable à des rencontres fortuites. Est-ce le sentiment de la vitesse, l'air irrespirable, la chaleur, la proximité des corps ? il n'importe ! Mais le regard des femmes est plus bienveillant qu'ailleurs, les moyens d'entrer en conversation sont plus aisés.

Evite les grands magasins : on y fait des achats. Ne crains pas d'offrir le thé et les gâteaux : Tu seras un homme distingué.

Si tu invites à dîner, parle de suite d'un curieux petit restaurant où il y a des peintres et où la cuisine est exceptionnelle. Tu peux alors aller chez n'importe quel modeste marchand de vins dont les prix sont en rapport avec tes ressources. Il te suffira de demander en entrant si M. Willette n'est pas venu ce soir, pour parer cet endroit, aux yeux de ta compagne, de tout le charme de la vie des artistes.

Ces sortes de liaison commencent dans les fiacres.

Elles sont éphémères comme une course à deux francs l'heure.

Il vaut mieux. La vie à deux sans argent est un abîme de tristesse, même quand on aime. Sacrifie l'amour dès l'origine. Il te paralyserait, limiterait ton action et tu le verrais mourir tout de même, à cause des draps qu'on ne change pas assez souvent, de l'odeur de la cuisine qu'on fait chez soi, du repas pris parmi tes livres, à cause de cette rancune qu'engendre la pauvreté à deux.

Reste seul, travaille davantage, applique-toi à conquérir les hommes, ce qui est bien plus important que de conquérir les femmes.

Et dis-toi qu'il y a, avec une immense mélancolie, quelque douceur pourtant, dans le souvenir d'une main qui t'a échappé sans t'avoir donné toute sa chaleur, dans le souvenir d'un beau et cher visage disparu...

V

MANIÈRE DE SE CONDUIRE AVEC LES HOMMES INFLUENTS

Étant sans maîtresse attitrée, tes jours seront libres. Le plus grand danger qui te guettera est celui des cafés où il fait chaud, l'hiver, où il y a des amis joyeux qui causent et boivent. N'y demeure qu'autant que cela sera nécessaire à resserrer des liens précieux d'amitié. Va dans la vie, n'importe où, au hasard, il y a une récolte dans chaque milieu.

Tu verras des êtres divers ; des antipathies et des sympathies naîtront autour de toi. Tu feras un choix et ta personnalité trouvera son chemin comme une rivière se creuse dans une montagne qu'elle descend.

Ne va pas juger si un homme est important d'après son costume. A une certaine hauteur l'artifice du vêtement est inutile. L'homme important sait bien que sa puissance se dégage naturellement autour de lui comme une atmosphère. Tu seras même bien étonné un jour si tu vas aux courses, quand on te désignera un homme très modestement vêtu et qu'on te dira : C'est un Rothschild.

Du reste l'estime d'un honorable pauvre est plus précieuse quelquefois que l'amitié d'un ministre.

Mais songe que tes plus grands ennemis sont en toi. Ils sont cet afflux du sang à tes joues, cette paralysie déplorable qui te fera bégayer, te donnera une apparence humble et modeste, quand tu seras en présence du directeur du *Figaro*, ou de celui de l'Odéon. Tu serais jugé d'un coup d'œil, classé pour la vie, et sans que ce jugement soit susceptible d'appel, dans la catégorie des personnages de troisième plan, qu'on fait attendre, qu'on reçoit debout, auxquels on n'accorde que quelques minutes, qu'on ne croira jamais susceptibles de grandes choses.

Résiste à cette voix qui te pousse à dire tout de suite à l'homme influent que tu vas solliciter : Mais oui, ma demande est exagérée et absurde. Il est légitime que vous la repoussiez. Excusez-moi de vous avoir dérangé.

Ne tombe pas dans un excès contraire d'audace simulée ; ne te flatte pas d'une influence illusoire sur tes camarades, ou d'une ambition démesurée que tu n'as pas : ce serait plus fâcheux encore ; tu serais considéré comme un de ces dangereux arrivistes dont il faut refréner l'ardeur, dont on peut tout craindre.

Ne sois pas trop aimable ; ne sois pas timide, là est l'essentiel. Songe que toutes les fois que tu seras en présence d'un homme dont dépendra ta destinée, auquel tu viendras demander quelque chose, un combat obscur se livrera. Tu seras comme un guerrier désarmé qui attaque seul une immense ville fortifiée. Pour ne pas mourir, ne perds jamais de vue la conscience favorable que tu as de toi-même.

VI

LE PRESTIGE DU MONDE

Tu seras invité certainement à quelque soirée, chose très honorifique dans ta situation. Cela te permettra d'écrire à tes parents : « Je vais beaucoup dans le monde, ces temps-ci. » Et la vision qu'ils auront aussitôt de toi, récitant des vers devant une cheminée, sous les lustres, parmi les acclamations de femmes couvertes de bijoux, sera douce à ces cœurs simples.

Il se peut, il est vraisemblable que tu aies un habit. Si tu n'en possédais pas cependant, sache qu'il est, rue Saint-André-des-Arts, une boutique modeste où tu pourras en faire achat, moyennant une somme dérisoire. Là, une foule d'habits reposent, couchés les uns sur les autres. Certainement il en sera un à ta taille. Tu l'essaieras dans la boutique même.

Veille pendant cette minute à ce qu'on ne t'aperçoive pas de la rue. Mais ce serait un bien grand hasard si Mlle Sorel ou la comtesse de Noailles passaient justement par là et regardaient à travers les carreaux.

Tu entreras dans le monde, ivre de fierté et tremblant de peur. Tu t'émerveilleras d'abord, que tout aille si bien, que tu puisses saluer avec autant d'élégance, être présenté à des gens importants, prononcer des paroles suffisantes, serrer la main à droite et à gauche. Le sourire de la maîtresse de maison aura eu l'air de te marquer une estime particulière. La médiocrité incroyable des propos que tu entendras te rassurera peu à peu, te rendra l'estime de toi-même perdue dans la détresse du début.

Alors, tu verras, dans un coin, un homme semblable à toi, mais plus modeste, plus timide, plus épouvanté, avec un habit frère du tien. Son œil triste, son attitude gênée, quelques mots prononcés à voix basse sur l'extrême chaleur, mendieront une parole de toi. Tu pourrais lui donner ce que tu cherches toi-même, un appui, le sentiment qu'il n'est pas absolument seul. Mais non ! dans ta folie orgueilleuse, tu le mépriseras, tu pactiseras avec les hommes élégants, aux nœuds de cravates impeccables, avec la foule des ennemis.

Plein de ta confiance en toi retrouvée, tu feras quelque démarche hardie, tu traverseras le salon, tu apercevras ta silhouette dans une glace et tu n'en seras pas mécontent.

Cela durera jusqu'à la minute où tu auras regardé trop attentivement une jeune fille, une jeune fille dont le costume compliqué, les cheveux fins, la grâce délicate résumeront pour toi tous les charmes du monde parisien. Tu verras son regard froid et attentif, plein de curiosité, longuement fixé sur tes pieds. Ce regard sera sans mépris, sans ironie même, ce sera un regard qui constate, qui enregistre. Il enregistrera la forme surannée de tes bottines, la chute maladroite de ton pantalon. Pour la première fois de ta vie tu penseras à tes pieds et à leur grande importance.

Avec une moue presque imperceptible, le visage charmant se sera détourné pour jamais. Tu regarderas autour de toi et tu t'apercevras que toutes les bottines voisines sont vernies et semblent neuves, tandis que les tiennes sont seulement cirées avec soin et déformées par des marches anciennes.

Un horrible génie de comparaison naîtra tout d'un coup dans ton âme. Tu auras honte de tes cheveux trop longs, de ton col trop large, de ton gilet trop étroit. Ton pantalon te sera odieux parce qu'il n'aura pas de pli. Tu haïras ta mère ou ta sœur parce qu'elle t'aura donné tes boutons de manchettes. Ton habit se sera soudain fané sur ton dos; une tache que tu n'avais pas vue, se mettra à briller comme un phare.

Le parfum de la benzine s'élèvera de tes gants nettoyés.

Tu chercheras en vain celui que tu avais reconnu comme un homme de ta race, pour t'affliger avec lui de la stupidité immense des gens du monde. Trop tard ! il aura déjà fui.

Crois-moi. Gagne alors le buffet. Ces petits avantages que sont le vin et les gâteaux t'y attendent. L'être grossier qui est en toi pourra se dire que la soirée n'a pas été absolument perdue si le champagne était bon. C'est une curieuse illusion qui te fait croire que le maître d'hôtel te suit de l'œil et compte ce que tu prends. Cet homme solennel est sans ironie et pourquoi serait-il avare de richesses dont il dipose, mais qui ne sont pas les siennes?

Il sera deux ou trois heures du matin quand tu sortiras. Les voitures, la nuit, coûtent un prix exorbitant. Tu rentreras tristement à pied. Mais, à mesure que tu t'éloigneras, tu t'apercevras que ton pas résonne avec autorité dans la rue vide, ton habit retrouvera son prestige perdu, tu entr'ouvriras même ton pardessus pour qu'un passant l'aperçoive et ait une haute idée de cette élégance.

La fatigue, le champagne et ta jeune imagination te donneront le sentiment d'une vie mondaine de plaisirs. Et malgré tes déboires, quand tu arriveras à ta porte, tu sonneras avec un certain orgueil et la négligence du noceur blasé.

VII

POSSIBILITÉ DE FAIRE FORTUNE PAR LE JEU

Les déceptions du monde inclineront ton esprit à des réflexions amères. Vers cette époque, longeant le fleuve d'or, de billets de théâtre et d'amours qui coule entre la Madeleine et la Porte Saint-Martin, tu rencontreras un ami peu connu de toi, qui te tutoiera et t'offrira de te protéger. Tu lui raconteras tes ennuis et il rira, te tapera sur l'épaule en t'affirmant qu'il peut te faire gagner beaucoup d'argent. Il te conduira dans des cercles. En ne jouant que sur certains coups sûrs, l'homme patient et qui a de la volonté gagne sans aucun risque, te dira-t-il.

Tu glisseras, plein d'anxiété sur son sort, une pièce de cinq francs sur un de ces coups. Un hasard très rare voudra justement que tu perdes malgré toutes ses prévisions. Une somme plus importante confiée à ton nouvel ami partant pour les courses, disparaîtra de la même manière, contrairement au calcul et à la raison.

Cela vaux mieux. Seuls, peuvent vivre du jeu, des personnages passagers, sans autre but précis que celui d'avoir de l'argent, sans foi en eux-mêmes. Tu n'es pas de ceux-là. Ne regrette ni l'illusion du luxe que donne le cercle, ni le dîner qui ne coûte rien, mais qu'il faut payer de conversations avec des vieillards, épaves de tous les mondes, que l'on ne trouve que là.

Renonce au salon solennel où il y a tous les journaux illustrés, à l'orgueil d'être connu par des domestiques en uniforme.

Les cartes à jouer ont un double visage. Pour avoir tes quelques sous, elles te tendent des billets de banque. Ne te laisse pas prendre à cette ruse grossière.

VIII

LES PETITES ANNONCES: EMPRUNTS BEAUX MARIAGES, MAITRESSES DÉSINTÉRESSÉES

En lisant le journal, un samedi, tu découvriras que la vie est riche et qu'elle s'offre à toi dans son infinie variété.

Petites annonces du journal, vous êtes le paradis des espérances ! Après t'être émerveillé de l'extraordinaire prospérité du commerce des vieux dentiers, tu liras avec allégresse l'offre d'un monsieur qui offre à n'importe qui de prêter n'importe quelle somme d'argent.

Paris est plein de philanthropes qui ne demandent pas mieux que de favoriser de jeunes écrivains comme moi, te diras-tu. Le tout est d'être en relation avec eux ; le journal est pour cela un commode intermédiaire.

Ce philanthrope habite très loin, dans un faubourg.

4

Sa maison est une misérable maison ouvrière. C'est sa femme qui vient ouvrir la porte et elle regarde anxieusement celui qui arrive comme si on venait l'arrêter. Le philanthrope est derrière un petit bureau ; il est mal vêtu et mal rasé ; il demande sévèrement au visiteur ce qu'il veut.

Tu crains de t'être trompé, tu balbuties, tu parles confusément d'un emprunt possible. Alors l'homme sourit ; il a vu d'un coup d'œil que tu es honorable, il comprend que tu as de l'avenir ; il demande de quelle somme tu as besoin. Tu dis un chiffre ; cinq cents francs par exemple. Il rit aussitôt parce que c'est une toute petite somme très facile à prêter.

Tu le suis des yeux ; l'argent est là dans un tiroir, il va te le donner tout de suite. Quel philanthrope !

Il te promet en effet de te le donner, mais dans trois jours seulement. Il a une absolue confiance en toi mais les affaires sont les affaires. Il faut qu'il ait d'ici là une fiche de renseignements ; c'est une simple formalité, l'usage de la maison. Les frais de cette fiche que donne une agence sont à la charge de l'emprunteur, bien entendu. Tu trouves cela trop légitime et tu lui donnes avec joie une somme qui varie entre trois et quinze francs. Vous vous quittez les meilleurs amis du monde et il doit t'écrire le surlendemain.

Tu n'en entends plus jamais parler. Si tu en conçois quelque regret, console-toi en songeant que le philanthrope prêteur d'argent n'aurait peut-être pas dîné ce soir-là, ainsi que sa femme et ses enfants, sans l'argent de ta fiche. Et il ne t'a trompé en somme qu'à demi. Il a des renseignements sur toi ; il sait désormais que tu es un jeune homme honorable. Celui qui vous offre à dîner n'est-il pas toujours honorable ?

Il y a aussi dans les petites annonces, de beaux mariages et des maîtresses désintéressées. Tu pourras te dire, qu'en effet, une foule d'admirables jeunes filles sans relations, d'étrangères aux yeux langoureux, de femmes désireuses de nouveauté mettent des annonces dans le journal.

Cette distraction est inoffensive. Elle ne coûte qu'une boîte de papier à lettre élégant, des timbres, des démarches à la poste restante. Tu iras dans des kiosques d'omnibus, tenant à la main soit un bouquet de fleurs, soit un numéro du journal, comme signe de reconnaissance. Il t'arrivera d'y trouver une femme ayant passé la cinquantaine qui te fera fuir aussitôt. Il t'arrivera de te tromper, d'aller parler à des dames qui attendent simplement l'omnibus et d'être fort mal accueilli. Il t'arrivera d'être en butte à la moquerie de plusieurs jeunes gens, auteurs des lettres que tu auras reçues et qui seront venus guetter ta déconvenue.

Peut-être un jour, sur l'offre d'une dot de plusieurs millions, iras-tu dans une agence matrimoniale.

Mais quand une personne âgée, en te regardant bien en face, te demandera combien tu gagnes par an, tu te troubleras, tu diras qu'il ne s'agit pas de toi, que tu viens de la part d'un de tes amis fort riche et tu t'en iras en maudissant les petites annonces, ce marché trompeur de l'espoir, à un franc soixante-quinze la ligne.

XI

FAUT-IL AVOIR UNE SITUATION ?

Tu chercheras une situation et voilà le plus grand danger qui te guette, ta vie ou ta mort, selon ton étoile bonne ou mauvaise.

Sur les dix personnes auxquelles tu te seras adressé, amis de ton père, députés de ton pays, vieilles dames qui ont beaucoup de relations, il y en aura neuf qui te promettront de faire des démarches et de t'écrire bientôt et dont tu n'entendras plus parler. Tu n'en seras qu'à demi fâché, l'état de celui qui cherche une situation est agréable parce qu'il est au bord de l'imprévu.

Mais la dixième personne, un homme bienveillant, oisif et protecteur, sera saisi pour toi d'une mystérieuse activité, d'un inquiétant désir de te voir casé. De quelle reconnaissance ne devras-tu pas être chargé à l'égard de ce terrible ami ! Il fera des visites avec toi, écrira des lettres élogieuses sur ton compte, et cela sans raison, à cause de la sympathie personnelle que tu lui auras inspirée. Il t'annoncera enfin qu'il a trouvé une situation sérieuse, un poste sûr.

C'est alors qu'il te faudra un grand courage.

Ce poste sûr tu dois le refuser, si quelque espérance est en toi, si quelque vertu t'anime. Mieux vaut déjeuner encore pour quelques sous, être un sujet de colère pour ta repasseuse, courir dans la rue lorsqu'il fait trop froid, ne plus revoir l'ami de ton père actif et bon.

Tout jeune homme qui vient à Paris trouve cette situation. C'est une machine quelconque aux rouages inexorables, société industrielle, grande maison d'édition, compagnie d'assurances où il est jeté et broyé pour cent cinquante francs par mois avec la certitude d'en avoir deux cents dans dix ans.

N'accepte pas, meurs plutôt.

Surtout ne te dupe pas toi-même en acceptant à titre d'essai pour deux ou trois mois. La servitude dans laquelle tu tomberais, l'amitié de tes compagnons médiocres, les petits bonheurs du dimanche feraient rapidement de toi un lâche dont les désirs sont bornés. Tu perdrais l'habitude de l'effort véritable, qu'on accomplit pour soi-même, librement. Peut-être finirais-tu par croire que tes sept heures d'écriture constituent un louable travail. Tu serais invité dans de petits appartements par d'autres employés où des femmes laides mais laborieuses font le ménage, préparent le dîner. Le charme de la pauvreté propre et honnête te saisirait. Tu te trouverais des prétextes pour attendre les cent cinquante francs du mois suivant. Il te faudrait plus de force pour vaincre l'espérance misérable de cent cinquante francs, qu'il ne t'en a fallu pour vaincre ta province coalisée et venir à Paris.

N'accepte que des situations incertaines. Les nouveaux journaux, les théâtres qui se fondent, les cabinets des ministres, si cela t'est possible, doivent être plus désignés à ton ambition, parce qu'ils sont passagers par leur nature. Tes maîtres n'exigeront pas trop de toi pour que tu n'exiges pas trop d'eux-mêmes. Ce seront des hommes dans ton genre avec quelques années de plus.

Ne prête pas d'attention au mépris apparent que pourront te témoigner des médiocres, parce que tu ne gagnes pas un argent régulier.

Si tu rencontres un ami arrivé, jadis semblable à toi, aujourd'hui bon fonctionnaire, richement marié et s'il te prend en pitié à cause de ton état instable, appuie-toi pour résister à son hypocrite sympathie, sur l'amour de toi-même, comme sur une colonne de marbre. Pardonne-lui l'excès de bonté qu'il te témoigne puisqu'il ne soupçonne même pas quelle hauteur tu veux atteindre.

X

LA RICHESSE
QUE DONNE L'AMITIÉ

Tâche d'avoir des amis.

On les acquiert d'abord par son visage bienveillant, la facilité qu'on a à saluer des gens peu connus, à serrer des mains qui se tendent. Le goût des conversations sympathiques, l'amour qu'on a des autres et de soi-même font vite que beaucoup de gens ont du plaisir à vous voir.

Mais ce n'est pas assez. Il faut choisir. Ne laisse pas au hasard d'une rencontre, à un voisinage, le soin de te donner des amis.

Une fois que tu auras élu un ami dans ton cœur ne crains pas de l'importuner par des visites inattendues, des politesses excessives. Ne te laisse pas rebuter par sa froideur. Tu lui apportes, avec la prédilection de ta sympathie, une immense richesse, la même que tu attends de lui. Il comprendra forcément à la longue quel avantage vous avez tous deux à ce commerce idéal.

Ce n'est jamais une aide matérielle que tu dois attendre de l'amitié. Garde-toi par exemple d'emprunter de l'argent à ton ami, même si tu l'as entendu déclarer plusieurs fois que l'argent est une chose méprisable, que lorsque l'un en a, l'autre doit en avoir, etc. On ne sait jamais jusqu'où plongent les racines de l'intérêt. Observe une semblable réserve si ton ami est très riche.

Les biens de l'amitié sont plus précieux que n'importe quelle somme d'argent. Ils sont le sentiment que l'effort est partagé, que l'action solitaire qu'on accomplit est agrandie par la sympathie de l'ami, que l'injure qu'on reçoit, l'échec qu'on éprouve est diminué, rendu insignifiant ou plaisant par les commentaires favorables qu'en fait l'ami.

Rends avec soin ce qui t'es donné dans ce domaine. Intéresse-toi aux moindres faits de la vie de ton ami, au récit de ses amours, aux détails de son budget, à ses souvenirs de service militaire.

Ne dis jamais de mal de lui, car tout se sait. Surtout n'en pense pas quoi qu'il fasse. Aie pour lui la même indulgence que pour toi.

S'il a une maîtresse, ne lui fais pas la cour. Elle se hâterait de l'en prévenir, en amplifiant ton audace, en transformant en perfidie ton goût naturel des femmes. Ne va pas non plus être trop froid à son égard, ne la regarde pas avec une complète indifférence. Elle te considérerait alors comme un mortel ennemi, elle t'accuserait de vouloir la faire rompre avec son amant et il lui serait très aisé de te brouiller avec lui; l'amour a toujours le pas sur l'amitié.

Fais donc entendre une bonne fois à cette maîtresse par quelque parole à double sens que c'est elle que tu aurais aimée si l'amitié sacrée ne vous avait pas séparés irrévocablement. N'en parle plus jamais ensuite. Sa vanité sera satisfaite et elle attribuera tes indifférences pour elle à un scrupule sublime.

N'attends aucun service de tes amis. Quand ils demanderont quelque chose pour toi ce ne ne seront que des choses très modestes, bien au-dessous de ta valeur. Tu t'étonneras que des êtres qui t'aiment, dont tu as éprouvé les sentiments, te méconnaissent ainsi, ne te jugent digne que d'avantages tellement médiocres que tu ne pourrais les accepter sans honte.

Cela tient à ce qu'ils ne te situent pas dans la vie. L'amitié leur a révélé tes faiblesses. Ce sont elles qu'ils voient, plutôt que tes qualités.

Seuls, des hommes que tu connais à peine oseront te rendre de vrais services. Tu auras à leurs yeux le prestige d'un talent qu'ils ignorent, dont ils ne savent pas les petits côtés.

Tes amis ne peuvent t'offrir que la douceur de la

main tendue, des projets qu'on fait ensemble, des espérances qu'on partage, le plaisir inestimable de se raconter l'un à l'autre...

Et c'est bien assez.

Mais, crois-moi, garde-toi de t'enorgueillir d'amitiés puissantes ou illustres. Ta force est dans les liens qui t'unissent à ceux qui sont semblables à toi, seraient-ils plus humbles même, à la troupe famélique de ceux que la vie n'a pas favorisés, aux poètes des hôtels garnis à deux francs, aux écrivains qui habitent au sixième une chambre parmi les bonnes du premier étage, aux auteurs dramatiques qui se font comédiens pour vivre.

Sache bien que ces modestes compagnons avec leurs redingotes usées, leurs bottines où passe l'eau, leurs cheveux longs, ont une influence plus véritable que tous les hommes arrivés avec leurs paroles conventionnelles. Car leur désintéressement les précède et les défend, car seuls les cris qui partent d'en bas peuvent monter très haut et être entendus très loin.

XI

LA FORCE DE L'HOMME JOYEUX

Il faut une grande force d'âme pour sentir, quand il fait froid, les bouffées chaudes des cafés devant lesquels on passe, où il y a des nappes blanches, des boissons qui miroitent et où l'on ne peut pas s'arrêter.

Il est ennuyeux de ne pas manger à sa faim, dans le petit restaurant où l'on paie, d'être privé de dessert comme quand on était enfant et qu'on était puni, de regretter les vingt centimes que le café coûte en supplément.

Il est ennuyeux de répondre à ses amis qui s'en vont en bande à Bullier qu'on est fatigué, qu'on a mal à la tête, alors qu'on a une envie folle de participer aux élégances de ce lieu, parce qu'on ne peut disposer de la petite somme que coûte l'entrée.

Réclamations du propriétaire et du tailleur, papier qu'apporte l'employé de Dufayel, serviettes trouées, bottines ressemelées, odeurs de bois moisi, vous brisez le courage des cœurs les mieux trempés !

O jeune homme, développe en toi ton allégresse, ta gaieté, sois, en dépit des événements et de la mauvaise fortune, un homme joyeux.

L'homme joyeux est fort, même s'il est laid et mal vêtu, parce qu'il rit de celui qui est beau et élégant. L'homme joyeux regarde bien en face, serre la main très fort et fait comprendre tout de suite qu'il est joyeux.

Lorsqu'il va dîner dans la maison du riche, il n'est pas sensible à l'ironie discrète, mais réelle, du laquais rasé qui prend obséquieusement son pardessus et qui en regarde la doublure déchirée, parce que, par son geste, par son attitude il a montré qu'il savait bien que la doublure était déchirée, que cela lui était égal, qu'il en riait, et que par-dessus le marché il riait du laquais rasé et de son pauvre métier.

L'homme joyeux n'a pas de fausse honte ; si le riche offre de lui prêter de l'argent, même s'il le fait à la manière habituelle des riches, d'une façon ostensible, humiliante, comme une aumône, il accepte et il a raison, car il sait que ce riche est un médiocre oisif, tandis que lui travaille de sa pensée. Il considère que c'est là un bienfait général que cette richesse, au lieu d'être jouée aux cartes, au lieu de payer des livrées, des tapis, des bijoux, au lieu de servir à entretenir un luxe criard, lui permette d'acheter des livres, un chapeau, des souliers, de donner vingt francs à une petite femme qui passe et qui n'a pas d'argent et il rit de l'humiliation qui lui est imposée par ce passage de la richesse d'une main dans l'autre, qui est une forme de la justice.

Il n'aura qu'à se souvenir de Baudelaire et de ses créanciers, de Verlaine dans les cafés du quartier latin. Il pourra se dire, en voyant passer des voitures élégantes, que les biens les plus charmants, la lumière, la richesse des visages, la beauté de la ville sont à tous, qu'on voit mieux Paris quand on est à pied. Ainsi il ne connaîtra pas de la vie seulement la forme extérieure, la surface ; il pénétrera jusqu'à son cœur par les ruelles tortueuses où il y a plus d'hommes qui vivent à mesure qu'elles deviennent plus étroites. Il saura plus de choses parce qu'il aura eu moins d'argent.

L'homme joyeux rira de l'avarice des puissants, de leur soif de garder jalousement ce qu'ils ont acquis ; il rira des conventions modernes, des efforts immenses vers des buts mesquins, des décorations, des honneurs, de la gloire dérisoire d'être directeur de quelque chose, préfet ou ministre, il rira des poètes officiels, des cuistres assermentés, des gérontes orgueilleux, des académiciens, des pontifes, de tous les mornes adorateurs de la médiocrité, de tout ce qui est immobile, figé, esclave.

XII

Y a-t-il une fin à ta course? Le petit appartement que tu conquerras par bien des efforts, les meubles de Dufayel, les livres achetés un à un, les portraits d'actrices dans des cadres à bon marché, résisteront-ils à l'assaut des créanciers, ou seront-ils emportés et dispersés ? Ne seras-tu pas débordé par l'étrenne de la concierge, la feuille bleue de l'impôt, le fiacre imprudemment offert, le prix du pétrole et du charbon ? Ne sentiras-tu pas, un soir, un immense écœurement pour la nourriture des bouillons Chartier, ton escalier où il y a des pots de lait à chaque étage, ton logis mal éclairé et trop étroit ?

As-tu vraiment du talent ? Chacun le saura-t-il un jour ? Ou ta maîtresse et un ou deux amis qui fondent avec toi des revues, en seront-ils seuls persuadés ? Cette théorie est-elle bien vraie, qui dit que la chance passe tôt ou tard pour chacun et qu'il suffit de l'attendre et de l'aider ? Trouveras-tu ton repas quotidien, loup de la fable ? Ne regretteras-tu pas le collier du chien ? Atteindras-tu le but, coureur ?

O jeune homme, ô mon frère, ici s'arrête ce que je sais ?

Plusieurs fois déjà je t'ai vu passer, je t'ai guetté et suivi dans la rue, afin de presser ta main. Et j'avais envie de m'élancer vers toi et de te dire :

« Je sais. Comme la mienne autrefois, ta lampe fume à cause de la mèche qu'une femme de ménage négligente mouche mal. Il y a des cendres sur le foyer, une légère odeur de suie, une déchirure dans le tapis et peut-être aussi redis-tu, le soir, comme je l'ai fait, ces vers admirables :

> La maîtresse a quitté l'amant
> A cause de l'appartement.

« Mais va, il y a des poèmes meilleurs encore et plus joyeux et une foule de tapis neufs dans les grands magasins. Du reste, la meilleure beauté n'est pas plus dans le luxe de l'endroit où l'on vit que dans le regard d'une maîtresse. Une belle lumière peut briller, même si la femme de ménage n'a pas nettoyé la lampe et si la mèche fume, tachant de poussière noire les portraits aimés... »

Mais je n'ai pas osé. Devant toi, jeune homme pauvre, une grande timidité m'a saisi. Je me serais nommé et tu m'aurais dit :

Qui êtes-vous ?

Et puis, par la puissance d'une invraisemblable espérance, n'aurais-tu pas souri de mes paroles ?

Et puis, quand je t'aurais dit la nécessité d'un effort patient et quotidien pour résister à tous tes protecteurs et ne pas obtenir les palmes académiques, peut-être, écartant ton pardessus et me montrant ta boutonnière, m'aurais-tu répondu avec orgueil.

Je les ai.

Aussi je t'ai regardé t'éloigner, chétif et mince, parmi les omnibus terribles, les maisons immenses. Tu n'avais pas l'air de connaître ta petitesse ; tu tenais ta canne comme une épée. Et j'ai admiré avec quelle autorité peut résonner sur le pavé de la rue une bottine où il y a un trou.

TABLE

Imp. Bonvalot-Jouve, 15, rue Racine, Paris.

IMP. BONVALOT-JOUVE. 15, RUE RACINE. PARIS

www.ingramcontent.com/pod-product-compliance
Ingram Content Group UK Ltd.
Pitfield, Milton Keynes, MK11 3LW, UK
UKHW022120260726
13993UKWH00003B/1131

9 782329 527185